Desiderosamente

Carteggio infedele

Due amanti, una passione torbida e indecente

ʀ.
MNAMON

Parte 1

Del tradimento dell'amore

Non si sa bene se il luogo di questo carteggio infedele, si trovi nelle pieghe del matrimonio o tra i panneggi stropicciati delle lenzuola del letto traditore. Come non si sa bene se le emozioni sensuali, siano vissute solo a livello di pelle o abbiano sconfinato, penetrando lentamente anche nell'anima.

Anche gli attori, non sono solo quelli che sono in scena col corpo. A proscenio appaiono i fantasmi guardoni della moglie e del marito.

E allora, dove ha luogo questo amore?

Come sono delineati i confini di questa passione?

Di chi è il tormento di amare e quello di tradire?

Ognuno in questa relazione porta quello che ha, mette in gioco il sé e l'altro, rischia l'amore tradendo l'amore. Tutto per la miseria e la grandiosità di vivere l'emozione della passione.

Di sera, al ritorno a casa. Amalia scrive a Paolo.

Caro Paolo, amore mio,
vedi, anche quando ti scrivo, confondo i ruoli, combino i sentimenti, contamino i rapporti. Ma anche tu lo fai. Al telefono dici che sono la tua puttana e a letto mi chiami amore. E non so se sei più dolce quando prometti che mi farai del male, oppure quando mantieni la promessa.

Ma non è di sentimenti che voglio scrivere, piuttosto di dolore. Serve che te lo scriva perché a letto sei distratto, al telefono non ascolti e dici sì, tanto per dire, e poi, quel che fai alla mia carne con le tue mani, io lo porto sulla pelle.

Paolo, come faccio adesso a smettere di sentire ancora le tue dita sui capezzoli, ora che tu sei ormai a cena con tua moglie ed io ti scrivo guardando mangiare mio marito?

Paolo, cazzo mi bruciano i seni!

Sai che non voglio portarmi a casa il dolore del tuo amore, lo sai che non mi va di trascinarmi per casa con la pelle in pena.

Sai che non mi piace sentirmi così: stropicciata, infastidita, arrossata quando c'è mio marito. Perché poi faccio degli errori, perché poi ho voglia di correre in bagno, ed io che odio le porte chiuse a chiave, rischio di essere colta in fallo, di farmi sorprendere a guardarmi i seni, a sfiorarmi la carne ancora accaldata dalle tue mani insolenti.

Sai che poi mio marito mi scoprirebbe in bagno a lenire con il nostro olio il seno arrossato, i capezzoli scuriti e sfibrati dai morsi e dalle tue unghie.

Paolo, ti ricordi quando mi hai fatta tornare da lui con la pelle stampata delle tue mani?

"Mi sono scottata al sole!" Gli ho detto.

Ma se io adesso non resisto e vado di là a vedere di alleviare il calore della carne e lui mi segue? È dicembre, amore.

T'immagino rispondermi che non ti interessa vero?

Sì, è come se ti vedessi qui, che sentissi la tua voce,

quell'accento ligure, quel belìn sempre dappertutto, quello scuotere la testa e far ballare i ricci neri.

Paolo, cazzo mi bruciano i seni!

Verrei ad urlartelo a ristorante, sai che faccia tua moglie!

Mi chiedo cosa stiate mangiando voi. Io niente e lui quello che ho preparato in fretta dopo che sono scappata dal nostro letto infedele.

Tu la mangeresti una fettina che sa di fretta e tradimento?

Lo so che tu mangi per nutrirti e per piacere scopi, ma quella carne per te non sarebbe buona neanche a sfamarti, vero?

Paolo, cazzo mi bruciano i seni!

E questo calore di carne scalda la miseria di una cena adultera con in sottofondo il ronzio di un neon che sta per andare e il mio ticchettare sui tasti del pc.

Io ci vado al bagno. Ci vado adesso, vado a spargermi l'olio sui seni e quando torno, gli salto in braccio. Avrà finito di mangiare. Chissà se avrà voglia di mangiare anche quel che resta dei tuoi avanzi?

E se, complice lo champagne con cui tu accompagni la tua cena, a tua moglie venisse la voglia, il tuo corpo non avrà sintomi dolenti per ricordarti la malia di me.

Paolo, cazzo mi bruciano i seni!

E ti bei con un sorriso appena abbozzato, di avere il mio corpo tra le tue mani anche quando non è il tuo cazzo a penetrarlo. Mi sembra di vederti!

Sono tua. Mi possiedi sempre.

Amalia

Di notte, Paolo scrive ad Amalia.

Come può venirti ancora in mente di scopare, dopo
oggi pomeriggio.
Troia insaziabile.
Baci, amore mio!

Paolo

Di notte, appena mezz'ora dopo la precedente,
Paolo manda un'altra email ad Amalia.

Stai scopando?
Rispondi.

Paolo

È l'alba. Amalia scrive a Paolo.

No.

Amalia

Della vita dei desideri

Si nasconde vigliacca, la voglia del corpo dell'altro. Vive nei pensieri, affiora ed infiamma nelle pause in cui sale l'aroma del caffè, bagna i gesti quotidiani che non gli appartengono. E mentre come d'abitudine si dispongono le tazzine, i cucchiaini, lo zucchero e i biscotti, il pensiero dell'amante spunta dalla tovaglia lisa della colazione coniugale. Il desiderio dell'altro è come un ospite indiscreto che ti coglie alla sprovvista, che viola la banalità della tua intimità, che svela, spiandola, la miseria di quella muta routine quasi odiosa.

Il pensiero del corpo dell'altro è inopportuno, sconveniente, imbarazzante e tremendamente eccitante. Scalda e accende proprio come il primo caffè della giornata.

Ma c'è un momento in cui questa presenza diventa invadente. Quel momento è l'attimo dilatato, stirato, esteso, è il secondo che diventa minuto, il tocco che indugia e diventa carezza; e quello che era eccezionale, diventa usuale.

Come in una grossa matrioska si infilano l'una dentro l'altra le storie, la vita coniugale contiene la trasgressione extraconiugale. Non si bene se per osmosi o per la deficienza di una chiusura stagna delle matrioske, fatto sta che poi, le vite si contaminano, si inquinano, s'infestano.

Quella stessa mattina, alle 10.30, Amalia scrive ancora a Paolo.

Caro Paolo, amore mio, dobbiamo smetterla.

Sì, te lo dico ancora e ancora. Ed ancora, è come parlare al vento.

Non dobbiamo smettere di toccarci, di leccarci, di amarci, dobbiamo smettere di comportarci come una vecchia coppia. Per questo abbiamo già chi ci aspetta a casa. Un marito è già troppo e una moglie dovrebbe bastarti.
Io non voglio un altro marito.
Per caso vuoi due mogli?
Ovviamente no. E allora smettiamola.
Smettila di inviarmi lettere di notte, io finirò di risponderti.
Smettila di chiedermi cosa sto facendo.
Se stessi facendo qualcosa, qualsiasi cosa, non starei lì a risponderti.
È proprio come quando, in piena notte, si chiede alla propria moglie:
" ...Dormi?".
Che risposta ti aspetti al quesito: stai scopando?
Se tua moglie stesse dormendo profondamente, non si sveglierebbe di certo se le sussurrassi all'orecchio:
" ...Dormi?"
Se io stessi facendo l'amore con mio marito, profondamente, non sentirei di certo l'avviso del computer che scarica la posta.
Se credi che tua moglie non stia dormendo, perché, per cominciare a confessarle qualcosa in piena notte, chiederle se dorme?

Se credi che io stia scopando con mio marito, perché pretendi che te lo confessi in tempo reale?

"...*Dormi?*" In genere si chiede quando è chi domanda che non riesce a dormire. Quando si ha la coscienza da svuotare o una preoccupazione da condividere.

La tua coscienza con me si sporca, semmai si riempie di colpe proprio mentre la tua anima si svuota.

Che il fatto che io stia scopando con mio marito, sia di notte, per te, all'improvviso un chiodo fisso? Rispondimi.

Il mio corpo è tuo, la mia mente è tua.

Amalia

Passano meno di 10 minuti e Paolo scrive ad Amalia.

Mariti, mogli, legami, affetti e affanni... è vero, li condividiamo insieme agli umori.

Ma noi, io e te, prescindiamo dai nostri contratti.

Non mi vorresti se non fossi sposato? A me verrebbe voglia di scoparti come l'ultima volta, anche se fossi nubile. È la tua faccia da troia che scopo, non il tuo stato civile. E non cominciare un estenuante discorso fatto di ma e di se.

"Se io non fossi sposata, se tu fossi libero, se ci fossimo incontrati prima o dopo..."

Sai che questo non mi interessa. Sai di non essere quel tipo di donna.

A dopo, amore mio.

(A patto che non diventi una troia melensa.)

Paolo

Amalia risponde subito, scrive di getto.

Melensa...
parola difficoltosa da ricordare, da pronunciare.

Quando cresce il tuo ansimare sul mio orecchio, quando quel tuo sussurro affannoso diventa ruvido ed ispido, quando vuoi che io, un attimo prima di godere, ti dica che sono la tua troia, come potrei in quel sussurro, aggiungere anche melensa?

Che aggettivo complicato!

No, non sono quel tipo di donna, è vero.

Essere melensa non mi farebbe sentire eccitante.

C'è però, in questa parola, a pensarci bene, un che di sordido. Come una sensazione di qualcosa che cola, di viscido, umorale, di intimo. Qualcosa che appiccica, un sapore persistente, afoso, esasperato.

Sembra contenere in sé, la dolcezza disperata di un eros che resta attaccato, ancorato, qualcosa di così insistente dal quale è impossibile liberarsi.

Come il sesso disperato, come l'amore riposto in una scopata a pagamento, come lo sperma che stagna nel cazzo di un impotente.

Invece, pensaci, dovremmo abbandonarci ad un eros melenso, appiccicoso.

Impantanarci in fiati caldi, sollazzare in umori densi. Restare attaccati dolcemente, fino a diventare stucchevoli l'uno per l'altra, fino a che non sopraggiunge il disgusto l'uno per l'altra, finché tutto questo colare di respiri, liquidi, odori e sapori, non diventa giallo e rancido, come miele marcio.

Chissà che, compiaciuti della miseria melensa in cui stagniamo, resteremmo impantanati a condiscendere di aver scoperto, un altro perverso erotismo indolente, in cui sollazzare.

Perché alla disperazione sensuale che ci unisce non c'è né pace, né fine.

Sto arrivando, amante mio e perverso.

Amalia

Anche Paolo risponde scrivendo di getto, subito dopo aver letto la mail di Amalia.

Amore, troia mia,
stupisci la mia mente e il mio cazzo.

È vero. Sguazzare nel disgusto e compiacersene.

Tu hai aperto il mio vaso ed io ho rotto il tuo. Ora, proprio come da quello di Pandora, sono usciti i mali del mondo, dai nostri sfuggono istinti, voglie sordide, marce è la parola, esatto.

Ma davanti a te non mi vergogno dell'odore putrido che esala dalla mia fantasia, la mia lasciva perversione è come la tua.

È bello averle liberate. È bello averle comprese. È la bellezza della speranza, la stessa che è riuscita a liberare Pandora, quando ha riaperto il vaso.

Amalia, sei la speranza di comprensione e compassione delle mie voglie luride.

Io amo le tue. Tu adori le mie.

E non è disperazione sensuale la nostra, sono solo desideri torbidi, voglie un po' sporche di fango.

Gli scheletri ripuliti dai brandelli di carne da riporre in ordinati armadi, noi li lasciamo a chi non conosce il piacere del sollazzo.

Voglio spalmarmi di te, voglio coprire tutto il mio corpo del tuo umore.

Più tardi non ti scopo. Dopo potrai solo spargerti addosso a me.

Paolo

Delle promesse dell'amore infedele

Tradire. Dal latino "tradere": consegnare. E allora trade-
re è l'atto subdolo che dà in custodia al nemico, qualcuno
che riponeva la fiducia nel traditore. C'è da chiedersi se in
amore, nel momento in cui si tradisce, si consegni il pro-
prio compagno o sé stessi, al nemico. Se quella fiducia sia
da intendersi da o verso sé stessi, se dietro l'infima conse-
gna, non ci sia il rispetto di un accordo tacito o tacitato.
Tradire. Di fatto il tradimento è una scelta, un'azione che
si compie sotto l'effetto della disillusione, la conseguenza
della diminuzione del valore del significato di parole co-
me promessa, rispetto, fiducia. È il disincanto morale che
incontra l'incanto dei sensi.
Tradire. All'atto pratico è consegnarsi ad un calvario
meraviglioso ed equivoco, decidere di cedere e concedersi
una doppiezza che trova e trae, nella parte sensuale del
tradimento, l'energia per ricreare e ricaricare se stessa.

Nel tradimento il corpo esulta e nella confusione del tri-
pudio, la gioia pervade tutto il resto. E come se il premio
alla sgradevolezza di tradire la fiducia, sia un'invasione
serpeggiante di esultanza, si smette di percepire come im-
portuna la menzogna che si sta perpetrando.
Ma l'estasi rammollisce, illude, intenerisce e la trappola
dei buoni sentimenti, torna a farsi pericolosa. Il richiamo
a quella moralità, ai principi, sono un lamento a cui si
cede. E si torna a promettere, a desiderare e infondere fi-
ducia, ad edulcorare tutto con la parola amore.

E noi lettori, come spettatori condannati alla frustrazione del corpo, siamo a chiederci come possano, proprio due che tradiscono, credere nelle promesse l'uno dell'altra? Come si riesce a non cadere nel disprezzo, a mistificare giuramenti, ad alterare sentimenti? Come ci si può abbandonare alla parola data in un letto infedele?

Per un po', il carteggio tra i due amanti diminuisce, o meglio, si fa breve e volto soltanto a fissare appuntamenti e chiederne conferme. Trascorrono due mesi circa e in questo lasso di tempo riescono a incontrarsi spessissimo, sembrano aver trovato il modo di frequentarsi assiduamente. I dialoghi allora si fanno occhi negli occhi, i pensieri si raccontano a letto e dalle carezze si indovinano le voglie invece di scriverle. Questa è quindi una mail di Amalia a Paolo, dopo questo periodo di intensa frequentazione.

Caro Paolo, amore mio,

ho una domanda scomoda, una richiesta illecita, devo chiederti qualcosa che, solo all'apparenza, esula dal consueto.

Si può amare un amante?

Ti chiamo amore ma sto attenta a non dirti ti amo. E non so se lo faccio per mantenere distinti i ruoli dell'amore e del sesso, o perché davvero, l'amore tra noi, non c'entra.

Chissà poi perché, sia così importante stabilire se, dove e quando, può esserci l'amore e quando non può.

Ci si chiede se si possano amare più persone contemporaneamente, se la stessa forma d'amore possa essere replicata mantenendola intera e perché poi, spesso all'ultimo sorso di una bottiglia di vino, ci si rassegna a dividere in caratteristiche ed entusiasmi, le cose che si amano.

Ecco che allora, io amo il tuo cazzo, la tua voce, le tue mani, il tuo essere indomito e appassionato. Amo la tua follia, il tuo lato oscuro, la costanza dei tuoi grandi passi verso obbiettivi ambiziosi, la tua sensualità torbida.

Mi sembrano caratteristiche ed emozioni esaustive per poter dirti ti amo. Ma io non lo dico a te, tu non lo dici a me.

Tu lo dici a tua moglie, io a mio marito.

E potrei, come potresti anche te, elencare le caratteristiche che di loro amiamo. Sarebbero più o meno lo stesso numero e più o meno della stessa importanza.

Allora dire ti amo non è conseguenza dell'amore, ma del dove l'affettività si origina.

Ti amo vive nei rapporti ufficiali, denota affetto, passione, complicità, solo dove le situazioni sono lecite?

Se ti dicessi:

"*Ti amo Paolo*", come la prenderesti?

Amalia

La risposta di Paolo è immediata.

Vuoi sovvertire l'ordine del nostro rapporto?

Anch'io ti amo, se hai bisogno di sentirtelo dire. Se devi soddisfare la necessità di trasformarti nella mia amante legittima.

Quanto al tuo ipotetico ti amo, a me non interessa sapere dove vive l'amore, mi basta sapere dove sta la tua felicità, dove nascono i tuoi desideri, dove mettere le mani e non solo, per soddisfare ogni tua voglia. Compresa quella di essere amata.

Stavo scherzando quando ti ho chiesto se hai intenzione di sovvertire l'ordine del nostro rapporto.

Ma tu stai pensando di lasciare tuo marito?

Paolo

Amalia è nel suo studio, in silenzio, assorta nei suoi pensieri. L'avviso della risposta di Paolo quasi la fa sussultare. Legge e un sorriso le si stampa in faccia. Veloce digita una risposta.

No Paolo,
sto solo pensando a quanto la libertà sia relativa, anche tra noi.
Mi sento libera di raccontarti, di chiedere di soddisfare, di svelarti la mia intimità, ma non sono libera di dirti ti amo.
E non perché sia così necessario pronunciare questa parola, ma per il fatto che ne percepisco il divieto.
L'amore è proibito negli amanti, almeno in quelli come noi, in quelli che non mettono in discussione il loro rapporto stabile, che non cercano un altro corpo su cui aggrapparsi in un letto. Perché in quello coniugale non trovano più motivazioni.
Mio marito e tua moglie non sono in discussione, come non lo sono i perché non vogliamo rinunciare ai nostri matrimoni. Il nostro rapporto non è la via di fuga dalla nostra vita, è qualcosa che vive vicino, e in questa, che da molti, in modo sgradevole è definita doppia vita, io ci voglio mettere l'amore.
Perché è ridicolo non pronunciare la frase:
"Paolo, ti amo" solo perché trasgredisce le regole dei rapporti extraconiugali.
Perché io ti amo, il mio corpo ti ama, e quello che condividiamo nel letto, tutto, io lo amo.

Accarezzo i tuoi sogni come la tua pelle, tocco le tue speranze e il tuo cazzo, lecco lo sperma della tua soddisfazione sessuale misto ai problemi della tua giornata.
Paolo condividiamo troppo, perché non anche l'amore?

Amalia

Paolo risponde ad Amalia.

Chiederti se sei mia, lasciarti lì, soddisfatta e invischiata nel mio sperma e nelle mie faccende di lavoro, di vita, saperti pronta ad accogliere il mio cazzo o il mio bisogno di consolazione: è questo il mio modo di amarti.
Lo trovo molto più concreto di un rarefatto ti amo.
Ma se vuoi, ancora una volta
"Ti amo, amore, troia mia. Sì, ti amo anch'io!"

Paolo

Nella penombra dello studio il sorriso di Amalia diventa una risata compiaciuta. È felice di leggere le parole di Paolo, glielo scrive.

Questa sì che è una dichiarazione d'amore!
Questa sì che è trasgressione!

Buona notte amore mio!

Amalia

Come se Paolo si aspettasse una risposta tempestiva, resta ad attendere l'email nella posta in arrivo, senza rimettersi a lavorare su quel che stava facendo. Le scrive.

Dimmi che sei mia prima di dormire. Dimmelo.

Paolo

Amalia risponde solerte.

Paolo,
sono tua. Tua come mai di nessun altro. Come mai nessun uomo potrà avermi.
Tutto di me è tuo. Tua è la malattia oscena che mi lega a te, sono schiava del mio desiderio, del nostro desiderio malato.
Tua.

Amalia

Paolo risponde ad Amalia, invia l'email e spegne il computer.

Bene, troia mia,
io terrò tutto stretto.
Voglio tutto quello che mi dai, tutto quello che sei.
Sei perversa e malata, in balia del tuo desiderio, sei
schiava della tua fica sempre bagnata. È più forte di
te, è questo che mi piace.
È a questo che non potrò mai rinunciare.
Non ci lasceremo mai, cazzo, ricordatelo!

Paolo

Dell'esperienza infedele

L'infedeltà, non quella di una sera, di una voglia o solo di un'occasione, ma quella che costruisce altri rapporti, altre relazioni, altre vite che corrono parallele, è qualcosa che si impara con gli anni. Come se, per vivere rapporti contemporanei, si debba per forza accumulare esperienza, fare pratica. Difficile trovare coppie di amanti clandestini troppo giovani, l'infedeltà è un piacere a cui ci si abbandona con la maturità.

I fedifraghi sono uomini e donne consapevoli, che investono in altri precari rapporti, stando attenti a non compiere errori già commessi, a non entrare in campi minati, a mantenere l'amore in una dimensione tutelata. .

E allora nell'amore infedele non trovano spazio le debolezza, le insicurezze, i ricatti, le pressioni, i doveri. L'amore fedifrago è leggero, o meglio sapientemente alleggerito, dalle brutture, dall'inutilità e dagli eccessi.

E sarebbe un amore perfetto, incosciente, sconsiderato e passionale se non fosse che gli attori in scena hanno accumulato la delusione , l'esperienza, l'assuefazione alla meraviglia.

E per carità, È vero che per un po' l'abbaglio ringiovanisce gli amanti, nel corpo e nello spirito, ma l'ombra della saggezza, degli anni e della consapevolezza dell'amore, incombono oscurando l'autenticità dell'incoscienza.

E nel cielo traditore, nel letto infedele si accumulano nuvole plumbee.

Sono la bravura e la costanza degli amanti a permettere il perdurare dell'illusione della gioia adultera.

Amalia scrive a Paolo. È mattina.

Caro Paolo, amore mio,
non è che stiamo esagerando?
Intendo coi rapporti.
Ci vediamo, ci sentiamo, ci scriviamo, ci scopiamo.
Sempre, o per lo meno più spesso del normale. È un
desiderio esagerato il nostro. Enorme.
Non lo trovi un po' ossessivo?
O forse ossessionante direi, se fosse un rapporto le-
cito, già da tempo sarebbe connotato con aggettivi
come asfissiante, opprimente, assillante.
Ma no, noi siamo amanti e trasgrediamo ogni rego-
la. E la trasgressione porta a cercare nuovi limiti da
oltrepassare. Presto però non ne potremmo più l'u-
na dell'altro. Non credi?
Non credi che gli anni condivisi, siano già abbastanza per una storia infedele?
Non credi che presto avremo soddisfatto tutte le no-
stre perversioni?
Vediamo, a che potremmo rinunciare?
A queste mail per esempio.
A che serve scriversi, limitiamoci a pensarci.

Amalia

Paolo risponde nel tardo pomeriggio.

Perché dovrei rinunciare a qualcosa?

Soprattutto, dimmi, perché dovrei privarmi di un piacere?

Io non ne vedo la necessità. Davvero.

Piuttosto, sì, hai ragione su due aspetti.

Primo: se dovessi cercare un aggettivo per descriverti, è vero, userei asfissiante.

È asfissiante la tua bocca sul mio cazzo, la tua faccia tra le mie gambe, il tuo ansimare caldo e umido sui miei coglioni. Il tuo leccare, succhiare e leccare, in modo ossessivo, quello spingere sempre più giù il mio cazzo nella tua gola.

Sì, è asfissiante, ti togli il respiro col mio cazzo e i tuoi occhi liquidi, mi guardano come quelli di una cagna.

Sei asfissiata dal mio cazzo, io sono assillato da te.

Ti voglio. Sempre. Nel letto, in bocca, a colare tra le mie mani, e voglio leggerti, sentirti, parlarti di notte e di giorno. Ogni volta che voglio.

Sei mia e voglio continuare ad usarti a mio piacimento.

Secondo: noi siamo amanti e trasgrediamo ogni regola.

Invece, non credo che tra poco avremo soddisfatto tutte le nostre perversioni. Hai torto marcio.

Non sono io a dirlo, è il tuo corpo a parlare per te. Tu mi vorrai sempre e con un'intensità eccezionale, le perversioni non c'entrano o almeno non direttamente. Cosa c'era di così perverso nel sesso di oggi pomeriggio?

Nulla, se non una banale normalità. Il fatto è, che dovresti vergognarti della tua fica sempre bagnata, invece di preoccuparti dell'andamento delle nostre oscene voglie.

I tuoi umori colavano imbarazzanti fino a metà cosce, solo perché ti stavo frugando dentro con le mani. Cosa succederà alla tua fica la prossima volta?

Preparati, ho intenzione di mettere in pratica quello su cui fantasticavamo l'ultima volta che abbiamo parlato di capricci.

Preparati a ricevere un regalo.

Preparati, datti un contegno, troia. E tieniti libera una sera della prossima settimana.

Paolo

La mail che segue la precedente è di Paolo che scrive ad Amalia. È di quattro giorni dopo.

Stasera ti ho dato la dimostrazione di quello che ti ho detto più volte. E se è vero che a dare spettacolo sei stata tu, è altrettanto vero, che oltre a farti godere come una cagna, la serata è stata l'attestazione esibita che ho ragione.

Dicevi di voler rinunciare alle nostre mail, dicevi che prima o poi, la nostra oscena passione si sarebbe spenta, che in questi anni insieme avevamo esaurito fantasie, voglie e desideri.

Non hai mai avuto così torto in tutta la nostra storia!

Ecco, adesso ti spiego anche a cosa mi serve averti
non solo attaccata al mio cazzo, ma anche disponibi-
le dietro ad un computer.
Voglio sapere tutto, tutto quello che non sono riu-
scito a cogliere, i brividi che mi sono sfuggiti, il cazzo che ti è rimasto più in mente.
Tanto sei troppo sconvolta per andare a dormire.
Non avrai il coraggio di stenderti accanto al respiro
regolare di tuo marito che dorme placido ed ignaro,
vero?
Stai ancora un po' con me.
È stata una serata straordinaria, sei una cagna meravigliosamente straordinaria.
E adesso rispondimi, amore.

Paolo

Amalia non dorme, risponde a Paolo.

Paolo, amore,
è vero, sono stata in camera, anche altrove, tutto
qui a casa sembra essere, come scrivi tu, placido ed
ignaro.
Tutto tace, sono immersa in un una quiete stranamente silenziosa che fa a pugni col rumore che ho
dentro, col frastuono che sbatte e batte, se penso a
quello che abbiamo fatto stasera.
Ma non è del silenzio fuori e del frastuono che ho
dentro, che vuoi sapere da me, ho capito.

È che ho bisogno di prendere tempo, di respirare piano, di trovare una posizione comoda per scrivere.

Godere fa male sai, o davvero non sono più una ragazzina.

Godere fa male alle braccia, alla schiena, alle gambe.

È un dolore diffuso, come se, proprio dove è passato il piacere, ora ci sia una sorta di intorpidimento dolente.

Anche la bocca è dolente, la mandibola, la gola.

Ho tenuto il tuo cazzo in bocca, per almeno due ore.

Il tuo cazzo come un bavaglio, come un morso, come qualcosa di ficcato in modo costante dentro di me. Il mezzo per poter sentire cosa provavo, il tuo collegamento al mio corpo.

Non ho visto niente a parte il tuo inguine stasera, non ho sentito nessun altro odore diverso dal tuo, nessun sapore, a parte quello del tuo cazzo e dei tuoi baci, quando mi concedevi una tregua.

Non so in quanti hanno scopata.

Sei tu che dovresti scrivermi com'era, chi c'era, sei tu che dovresti dirmi quanti uomini ho avuto.

Forse più di un uomo si è allontanato, per poi tornare a penetrarmi di nuovo.

Anzi, almeno due, ne sono sicura, mi hanno avuta più volte, durante la serata.

Uno, lo riconoscevo per i colpi secchi con cui assestava il suo cazzo dentro di me, l'altro per come, spasmodico, si preoccupava più che di penetrarmi, di cercare i miei seni. Lo sentivo entrare, spalmarsi sulla mia schiena e allungare le mani per palpare e palpare. Sfiorava i capezzoli in modo stranamente delicato, anche il suo modo di muoversi dentro di me, era morbido, leggero.

Me lo sono immaginato un uomo corpulento, alto e grasso, con un viso bonario. Forse è l'unico di cui ho immaginato il volto.

Di tutti gli altri invece, non ho immaginato niente, li ho solo sentiti.

Quanti uomini mi hanno penetrata amore? Li hai contati?

Non riesco a descriverti quello che ho provato, sono immersa ancora in un disordine sensuale denso e buio. Il buio del locale, il fatto di non vedere nulla al di fuori del tuo ventre, di non sentire, di non toccare niente e nessuno, di restare a quattro zampe in attesa di chiunque volesse entrare dovunque, hanno fatto sì che vivessi in una sorta di atmosfera soffusa, di realtà confusa.

Ricordo l'attesa imbarazzata dei primi uomini.

Ricordo un orgasmo che mi ha fatto urlare sul tuo cazzo.

Ricordo le tue mani che mi accarezzavano i capelli.

E una febbre, un'eccitazione, una tensione crescente e costante, un fuoco, un respiro caldo, scosse di piacere, carezze, voci lontane, mugugni, gambe, piedi. Vedevo i passi di chi mi aveva o si apprestava a scoparmi.

Ricordo, quando alzavo gli occhi, i tuoi i che mi guardavano, i tuoi riccioli che ti ricadevano sulla fronte, oppure ricordo il tuo sguardo dritto davanti a te, immerso nei volti di chi usava il mio corpo.

Ti vedevo a cercare sul loro viso un cenno di apprezzamento, a guardare quanto gli piaceva la mia fica, il mio culo, i miei buchi offerti oscenamente alla mercé.

Ricordo i tuoi mugugni:

"Amore, troia, amore, cagna..." mi chiamavi.

Ricordo di essere crollata supina quando tutto è finito, dopo che tu hai sfilato il tuo cazzo dalla mia bocca per venirmi dentro.

E mentre il tuo sperma scivolava colando denso fuori di me, io guardavo le facce di chi c'era, tentando di dare un volto ai cazzi che erano entrati in me, cercando di capire sei se gli uomini che mi passavano vicino, erano passati anche dai miei buchi.

Ricordo il tuo bacio, quando mi hai dato una mano per tirarmi su, il tuo abbraccio stretto che mi ha accompagnata fuori dal locale.

E il freddo che mi ha risvegliata quel tanto che basta per capire che non era un sogno ma la sua realizzazione.

Amalia

Dell'illusione di amare tradendo

L'amore infedele vive delle stesse illusioni di quello romantico. Come se non bastasse aver visto sulla pelle, sulla vita, sulla strada che ogni amore è destinato a spegnersi, che gli abbracci si rammolliscono e smettono di stringere, che l'altro da noi, mai sarà come e totalmente per noi. Come se non bastasse elencare quel che fa la vita all'amore, quel che fanno i giorni all'eros, quel che fa il tempo ai sogni. L'amore infedele si illude e si compiace. Asseconda sé stesso, sollazza nella menzogna che non finirà.

E per un po' è così, perché è la disperazione degli amanti a mantenerlo tale, è il pozzo in cui annegare e negare le paure, lo stagno in cui affondare con lentezza, la speranza di essere, almeno stavolta, compresi, scelti, graditi, è la palude in cui inabissare una volta per tutte la realizzazione dei desideri.

Sprofonda inesorabile però la menzogna di aver trovato, fuori dalla propria vita reale, quello che davvero ci soddisfa. La velocità con cui questa frottola tocca il fondo, dipende solo dal grado di incompresa solitudine che si viveva prima di entrare davvero in questa dimensione straordinaria.

Con coraggio si lancia il sasso, che cola giù lento, come invischiato tra gli umori densi, e flop, si adagia mollemente sul fondo alzando una nuvola di limo che basta a malapena a coprire, a dissimularne l'assestamento.

Una bolla, più velocemente, sale in superficie a svelare quel flop solo immaginato.

Nello studio della sua casa, nell'attimo esatto in cui sole tramonta dietro la collina, Amalia scrive a Paolo.

Molle, e non mollemente.
Non è una sfumatura, è diverso, e molto.
È vero che si dovrebbe sorvolare, che non si dovrebbe far pesare, come è vero che io non so mai far finta di niente. E tu lo sai, no?
Non ce la faccio, non fingo orgasmi, non compiaccio amanti, non chiedo all'altro:
"*ti è piaciuto?*"
Non rispondo alla stupidità di chi chiede se è stato bello.
La soddisfazione mi si legge in faccia, si misura tra le cosce, si valuta sulla pelle, come l'insoddisfazione.
E sono insoddisfatta.
E non serve che lo scriva.
Hai guardato la mi fica, ci hai infilato le mani, la lingua, e poi ancora le dita, hai frugato come se potesse essere più su, l'antidoto al tuo cazzo sprofondato sui coglioni.
Molle, insensibile, disattento.
E non voglio sorvolare, te lo voglio far pesare, non voglio che fingi di far finta di niente.
Soprattutto perché voglio una risposta che non sia una scusa, non voglio un cazzo distratto dall'ansia del non detto, preso a procrastinare un abbandono.
Se i pensieri ronzano, il cazzo fa fatica a tirarsi su.
Si sa.

Se c'è qualcosa nascosto tra i denti, il cazzo ne rivela il segreto. Si sa.

Se un odore, un fiato, una pelle non inebria, scalda, pulsa, il cazzo non ce la a fingere. Si sa anche questo.

Dimmi dunque, coraggio!

Non voglio più la miseria della mia bocca, la miseria delle mie mani, la miseria del mio sesso a strusciarti, strisciarti, lisciarti mollemente addosso.

Scie di saliva, di polpastrelli, di umori, hanno percorso disperatamente ogni palmo di te, senza che dal tuo corpo uscisse un fremito, un brivido, un'erezione.

Ed è stata una sensualità mollemente disperata la mia, una seduzione inutile e frustrante, un orgasmo lascivo ed implorante, come quello di qualcuno che lo ruba all'altro.

Coraggio!

Paolo scrivimi. Rispondi. Spiega e non giustificare.

C'è mio marito di là che compie i riti che preparano la nostra intimità. Gli stessi gesti, le stesse frasi, che manifestano il nostro desiderio. Devo andare.

Del resto, lasciarsi distrarre, ingannerà l'impazienza di una risposta.

(Non lasciarmi)

Amalia

Dalla stessa stanza Amalia ora guarda la luna. È alta nel cielo, luminosa e quasi piena. Sullo schermo del pc, la mail di Paolo che attende di essere letta.

Troia, Amalia, amore mio,
non so se sai com'è strana la gelosia tra gli amanti e come sono geloso.
Incapace di farti godere, devo arrendermi a pensare alla tua fica che sbrodola sopra il cazzo di tuo marito e sto qui, impotente, a rodermi l'anima e non solo.
Ma questa non è una spiegazione, non è neanche una risposta.

Coraggio!
(Non lasciarmi, ti prego)

Paolo

Amalia torna nella stanza a cercare ancora la luce della luna. Non la trova, È tramontata. C'è un'altra mail di Paolo da leggere.

...non si è gelosi di qualcosa che non vuoi. Ed io ti voglio.
Sento ancora la tua fica che striscia su di me, e quella scia umida, lucida, intima

La vedo ancora: nera a muoversi lenta, una di quelle lumache senza guscio: scure, languide, mollemente lascive.

Il mio cazzo nascosto, come volesse allontanarsi, fuggire da quella danza di fianchi così sensuale e così disgustosa.

È duro ora. Vorrei che tu lo vedessi.

Sognami troia!

Paolo

Amalia non cede alla tentazione di rispondere subito. Aspetta la mattina seguente per scrivere a Paolo.

Caro Paolo,
vorrei vederlo, vorrei toccarlo, vorrei essere sicura che fosse per me.

Duro. Tutto. Per me.

Parole le tue, speranze le mie, pensieri ed azioni inutilmente vuoti come l'urina che riempie e gonfia le erezioni mattutine.

È mattina presto e non ti ho sognato, ma ti ho pensato, come sempre nella notte.

L'unica che può testimoniare il tuo impeto è tua moglie, ma non sarebbe, in questa causa, testimone attendibile.

Per chi era il tuo cazzo duro di stanotte?

Perché se hai dato a *lei*, qualcosa che aspettava a me, hai commesso un'altra défaillance.

E, nota bene, la mia non è gelosia fedifraga, è soltanto il timore che tu stia cominciando a confondere, a non discernere più, a non sapere se sei con me o con lei.

Ecco che il cazzo che non tira più, la mancanza di ieri, ha una spiegazione.

Chi sono... diventata?

Amalia

Neanche fosse davanti al pc ad aspettare la risposta di Amalia, Paolo, giusto il tempo di leggere, le scrive ancora.

Sei la mia troia diventata provocante.

E nota bene tu: provocante non nell'accezione di sensuale, ma in quella di colei che provoca, che stizzisce.

Non ho tempo per lunghe spiegazioni, rimbrotti, puntualizzazioni sul mio cazzo duro.

Non lamentarti quando la dimostrazione dei fatti ti farà male.

Il mio cazzo si e fatto duro solo al pensiero.

E non ci sono testimoni.

Lunedì 14.30, nel nostro letto.

Non voglio leggerti, non voglio sentirti, non voglio vederti in alcun modo prima.

Ci vediamo li.

Paolo

Dei legacci amorosi

Dicono sia l'attesa degli incontri, a tenere in tensione gli amanti, l'impossibilità di aversi a noia, l'attrazione che scaturisce dall'ansia. Gli amanti sono proprio come dei bambini che guardano spavaldi ed eccitati, la mamma mentre compiono la loro marachella.

Dicono sia il divieto, la trasgressione, la libidine che si origina dal commettere un atto proibito che alimenta la passione tra i traditori. Ma più che scoprire cosa genera l'incanto, il bello è guardarne il risultato.

Quanta gioia c'è negli occhi degli amanti, quanta voglia nei loro corpi!

Si accendono sfiorandosi appena la pelle, e godono di soddisfazioni sensuali perfette, come se davvero l'intesa sessuale sia possibile solo con l'altro, come se la comprensione della fisicità, potesse avvenire solo fuori da ogni rapporto usuale.

E si legano, illusi, credono che allacciare gambe e braccia non sia un legame. Continuano, si intrecciano in pericolosi intrichi, annodandosi tra loro in complessi grovigli, sensualmente dimentichi che così, ordiscono la propria fine.

C'è un nodo in nautica, gassa d'amante, lo chiamano: non scorre, non stringe mai troppo, È un nodo che lavora solo se è in tensione. Come le cime si allentano, diventa facile scioglierlo.

Lunedì, 19.30. Amalia e Paolo sono online, si invia-no dei messaggi istantanei.

Paolo: Non c'eri, vero?
Amalia: Io?
Paolo: Non sei venuta. Perché?
Amalia: Devo andare.

Amalia dopo cena si rifugia nel suo studio. Scrive a Paolo.

Caro Paolo,
che scoperta amore mio, che sincronismo, che simbiosi!
Io non c'ero, è vero, ma credevo fosse rimasta vuota solo la mia parte del nostro letto.
Bene, neanche tu c'eri, il nostro letto, tutto, oggi è rimasto vuoto.
Le lenzuola bianche perfettamente tirate. I cuscini al loro posto. Il sole a tramontare sullo sul bordo del letto su cui lasciavi penzolare il tuo piede, nessun pari o dispari per decidere chi scende a piedi e chi in ascensore. La certezza finalmente che nessuno può averci visti.
Insieme alla cena per mio marito, stasera avevo pre-parato il discorso per giustificarti la mia assenza, le scuse per non essere venuta, la bugia di un imprevi-sto plausibile.

Qual è la tua motivazione per la tua assenza?

Amalia

Paolo scrive ad Amalia circa un'ora dopo.

Solo un vigliacco impotente timore.

Paolo

Amalia fa attendere la sua risposta. Scrive a Paolo in piena notte.

Non ti credo.
Non chiamare impotenza sessuale quella che è solo stanchezza. Doveva succedere ed è successo.
Meglio sarebbe stato di certo che mi avessi detto: *"non voglio vederti mai più"* piuttosto che dimostrarmi il tuo rifiuto in questo modo.
Con le tue mani, con la tua lingua, col tuo cazzo, mi dimostravi l'amore, la passione, la pace e quel tuo calore improvviso, scottante, fastidioso che trovava refrigerio solo in mezzo alle mie cosce bagnate. Erezioni petulanti ed insolenti mi cercavano ossessive:
"Troia, vieni qui, ti prego, lasciati amare, accarezzami, fammi godere".

E con fiati caldi sussurravi le tue voglie, dimostravi la tua soddisfazione.

Vocali gutturali accompagnavano il tuo sperma che mi colava in bocca, in faccia, tra i capelli, sui seni, sulla schiena, nell'incavo del culo, tra le cosce, sulla pancia, sui peli, nelle mani, tra le labbra. Caldo, latteo, viscoso, si spandeva spargendosi insieme al sospiro del piacere:

"*Amore mio*" sempre terminavi, "*Amore mio*".

Quale ostentazione più palese del tuo cazzo moscio, o del timore di esso, per chiarire senza se e senza ma, che è tutto finito?

Eravamo erezioni ed umori, nient'altro.

Restano i miei umori. Inutili.

Amalia

Paolo risponde ad Amalia di mattina presto.

Eravamo molto di più di un'erezione, e la tua fica bagnata più che inutile, ora, mi sembra illusa.

Credi davvero non ci sia altro tra noi, credi davvero che tutto possa risolversi con un letto lasciato vuoto? Credi di poter abbandonare le mie voglie e i tuoi desideri per un appuntamento mancato?

Inutile troia illusa, non puoi abbandonarmi.

Ora servi alle mie paure.

Buona giornata, amore mio.

Paolo

Amalia scrive a Paolo.

Cosa c'era di più? Cosa ti spaventa? Come posso servirti?

Amalia

Paolo risponde all'istante.

Ricordi amore mio, l'inizio?

Paolo

Amalia aspetta di nuovo la notte per scrivere a Paolo.

Caro Paolo, ancora mio amore,
chi eravamo allora, se non erezioni ed umori?
...eravamo due persone immerse ognuna nel proprio quotidiano, due anime insoddisfatte prima che dei nostri matrimoni, di noi stessi.
Tu un uomo in corsa, appagato dalla facilità e dalla felicità che regalano la certezza di poter comprare

qualsiasi cosa, qualsiasi donna, qualsiasi voglia. Convinto di aver trovato in facili e costose conquiste, quella sorta di artificiosa pace dei sensi.

Traditore senza emozione, fedifrago per abitudine, infedele stanco anche dell'illusione, dell'emozione del tradimento.

Sicuro che nulla potesse scuoterti, hai iniziato a raccontare, a sciorinare le tue usuali convenzionalità che riservavi alle altre amanti: il tuo lavoro, le tue passioni, tua figlia, il ricordo del tuo animo indomito e il rammarico spudoratamente mal celato, che ormai nessuna donna, nessuna emozione, sarebbero state in grado di minare la tua vita cosi com'era.

Hai recitato, a tratti malavoglia, il copione usuale che riservavi alle tue amanti usuali.

Affascinante certo, ma senza emozione. Seducente la tua voce, ammaliante la tua storia, invitante il tuo aspetto, eleganti i tuoi modi, stuzzicanti i tuoi desideri, perfetti i tuoi ricci scuri le tue camicie bianche la tua auto lucida.

L'uomo che ogni donna cerca, l'amante perfetto, irresistibile. E ti sei emozionato!

Ed io non ho resistito, come avrei potuto, non avrei assolutamente dovuto.

Perché resistere ad un uomo bello, potente, ricco ed intelligente. Acuto, fantasioso, sensuale ed indecente.

Perché avrei dovuto resistere, lo sappiamo fin troppo bene, e su quel perché, sull'indecenza di non essersi fermati, abbiamo costruito quello che siamo stati.

E allora, ancora una volta, Paolo, amore mio, chi eravamo se non indecenti umori e vergognose erezioni?

La prima volta che ci siamo guardati, la prima volta che ci siamo baciati, la prima volta che hai infilato, prima la mano e un istante appena dopo, il cazzo tra le mie cosce, ero al quinto mese di gravidanza.

E col pensiero di te, con la tua pelle addosso, con una nuova nausea eccitante, una sorta di perenne calda e seducente vertigine, sono trascorsi gli ultimi quattro mesi.

Nessuna donna si lascia investire da emozioni tanto forti, mentre aspetta la figlia desiderata dal proprio marito. Nessun uomo, si lascia eccitare da una donna la cui pancia cresce a vista d'occhio.

Noi sì, ricordi?

Ricordi come questo essere amanti e amarci fuori dal comune, fuori dalla decenza, ci eccitava?

Mentre nel momento più dolce della vita di una donna, mi crogiolavo a sognare gli occhi di mia figlia, partorivo fantasie torbide, voglie oscene, desideri meravigliosamente depravati.

Tu mi osservavi, emozionato, preso, quasi condannato ad una perenne, seducente, colorosa eccitazione. Mi guardavi prepararmi a diventare madre, toccavi la mia trasformazione accogliendo le mie fantasie, accrescendo le mie voglie, realizzando tutti quei desideri meravigliosamente depravati.

"Sei enorme" mi dicevi, e mi scopavi eccitato, madido di sudore, infervorato infiammato dal nostra frenesia gravida e dall'estate bollente.

Se non c'erano i corpi, c'erano le voci, voglie raccontate al telefono, sussurrate rubando ritagli di tempo e spazio coniugale, pericolosi come incontri clandestini. Le nostre email nei week end, quando un digiuno sensuale di pelle e di voce, imposto dai nostri matrimoni, ci obbligava al silenzio. Poche righe, giusto a scrivere, a rafforzare il bisogno, e come ragazzini ingenui a temere che senza scrivere, senza parlare, senza alimentare il desiderio, tutta quella complice ed oscena passione, potesse spegnersi, soffocata dalla cenere dei nostri bollenti spiriti.

"Dimmi che sei mia" leggevo nelle tue email il sabato.
"Sono tua, solo tua" ti scrivevo.
Ricordi?

E non si sa bene se, in uno sprazzo di lucidità o in un delirio da crisi di astinenza, temevo il parto, credendo che tutto tra noi, dopo sarebbe finito.

Credevo fosse l'eccezionalità del nostro osceno rapporto, ad alimentare di stupenda ed eccitante scncezza, i nostri umori e le nostre erezioni.

"Vuoi i miei umori gravidi " ti dicevo *"Quando saranno solo umori di femmina vuota, non susciteranno più le tue erezioni".*
E avevo torto.

Ma ora?

Ancora tua, Amalia

Paolo scrive ad Amalia

Ora? Hai ancora torto!
Ti bacio amore mio.

Paolo

Il carteggio virtuale tra i due amanti si fa intenso.
Risposte brevi, secche, lapidarie, si susseguono.
Amalia scrive a Paolo.

Dimostramelo.

Amalia

Paolo scrive ad Amalia.

Credo di non potere.

Paolo

Amalia scrive a Paolo.

Vigliacco.

Amalia

Paolo scrive ad Amalia.

Non puoi capire. Oppure non vuoi.

Paolo.

Del lieto tragico finale

*Sembra più ovvio stabilire la fine di un rapporto extraco-
niugale. Sembra che, solo per il fatto che non ci siano vin-
coli, obblighi, promesse d'amore romantico, sia più facile
stabilire quando questo finisca.*

*Come se lo strusciarsi di pelle, come se affondare, sfrega-
re, leccare organi genitali, non rappresenti una promessa.
Mettere in gioco solo il corpo non significa preservare la
mente, o almeno non sempre.*

*Perché dare all'apparenza, così poco valore alle promesse
dei sensi?*

*Quanto queste invece siano indissolubili, gli amanti lo
scoprono loro malgrado. Quando quasi tirando un sospiro di sollievo, si illudono di potersi liberare con la facilità
di un respiro, da qualcosa che è diventato all' improvviso
persino sgradevole. Ma il sollievo non arriva, il fiato si fa
corto e quello che doveva essere un soffio, diventa affan-
no, mancanza d'aria. E annaspano scacciando a grandi
gesti l' idea di essere rimasti intrappolati, affogati, anne-
gati nell'inganno che il piacere del corpo, ha tirato alla
mente. Proprio come si fa per i legami d' amore, anche
quelli infedeli, si trascinano procrastinando disperatamente una fine certa. Esattamente con le stesse modalità,
con gli stessi espedienti, con gli stessi trucchi volgari. Ci
si attacca al ricordo, si evocano i desideri di un tempo, si
prova a rivivere quello che prima emozionava, con l'unico
risultato di mettere in scena pietosi teatrini.*

Paolo scrive ad Amalia

Ricordi amore,
i tuoi seni crescevano ogni giorno: i capezzoli sempre turgidi, dritti come frecce, come se volessero puntare ai miei occhi.
Quando ci penso mi sembra di sentirli ancora lì, tra le mie dita, li mordevo appena, tenendoli tra i denti solo per sentirli con la lingua così stranamente rigidi, innaturali.
E i tuo seni gonfi, tosti, così pieni che riempivano le mie mani e il desiderio di non smettere mai di toccarli. Come rispondevano al mio tocco e come rispondeva loro il mio cazzo!
Ricordi, troia, ti baciavo, ti leccavo, non mi davi pace. La tua fica sempre pronta, morbida e gonfia, le tue labbra, tutte sembravano ingrossarsi ogni giorno.
Tutto il tuo corpo mutava, si dilatava espandendosi per far spazio alla vita e al mio cazzo. Ogni giorno c'era un pezzo in più da toccare, un lembo di pelle spanciato da leccare.
Tutto di te era pieno, non solo i seni, non solo la pancia, avevi braccia tese, chiappe sode, cosce tornite di una pienezza gravida, empia quasi, trasbordante e trasbordava colando, il mio sperma che ti riempiva la fica.
Che bello era venire in quella pienezza!
Un calore meraviglioso, si diffondeva da dentro di te, mentre gli orgasmi ti scuotevano il respiro, il

corpo fuori e dentro, in un tumulto impossibile da rivivere, da riavere.

Ci sono uomini che cercano tutta quella bellezza in donne incinte. È una ricerca mirata la loro, non la mia. Non la nostra. Più di una volta ci siamo stupiti di potersi volere tanto, in un momento tanto particolare.

Vorrei averti ancora col ventre gravido, con la mente pregna di sensualità.

Eravamo amanti meravigliosi!

Eri meravigliosa!

Paolo

Sfuggendo alle faccende, ai suoi doveri, Amalia si rifugia nel suo studio per rispondere a Paolo. Scrive velocemente, come se la lettera fosse stata già scritta nella sua mente. Non rilegge neanche. Invia.

Sì Paolo,
eravamo, siamo stati amore mio, c'è il passato adesso tra le righe.

Ho trovato questa mail, me l'hai spedita di notte, il 23 agosto, solo dopo 10 giorni è nata mia figlia. Ricordi quel pomeriggio?

Non c'è stato nemmeno bisogno di legarti le mani.
Ti ho detto che non potevi toccarti e basta.

Lo hai sentito entrare nel culo, hai sentito che ti stava aprendo. Non ho spinto, sapevi non lo avrei fatto. Dovevi solo sentirlo.

Immobile la tua fica colava e non c'era rimedio per te, non c'è stato orgasmo.

Con una pancia enorme, non potevi quasi muoverti, la faccia sconvolta da un desiderio che non doveva essere soddisfatto.

Amore, troia mia, vederti in ginocchio, aperta per farti guardare nella condizione più oscena, più immorale, più torbida che si possa immaginare, mi ha eccitato all'inverosimile.

Mi sono masturbato davanti a te nuda, grassa, in ginocchio, sudata, affaticata, con lo sperma che ti colava dappertutto. Avresti dovuto vederti.

"Guardati" ti ho detto, e tu hai sorriso di un sorriso indescrivibile

Dovresti vergognarti di essere così troia.

Ti adoro, cazzo, ti adoro.

Non posso fare a meno di averti. Impazzisco. Sto male. Ti voglio come non ho mai voluto nient'altro prima d'ora.

Ne voglio ancora e ancora.

Paolo

Siamo stati ammalati degli stessi desideri, febbricitanti per le stesse voglie, dipendenti da quel piacere che, solo insieme, sapevamo generare.

I nostri corpi si erano trovati, le nostre voglie incontrate, le frustrazioni finalmente dissipate. Avevamo creato una bolla, galleggiando in un identità non solo sensuale.

I miei pensieri nei tuoi, esattamente come il tuo cazzo nella tua fica.

Qualcosa che per un po', abbiamo creduto andasse oltre un rapporto infedele.

"Invecchieremo insieme" mi dicevi.

Ed io che continuavo a temere che dopo il parto saremmo diventati solo un ricordo l'uno per l'altra.

"Invecchieremo insieme" ripetevi, *"Come poveri amanti clandestini a svernare in costa azzurra."*

Ne avevo fatto un mantra, mentre temevo che tutto sarebbe finito, che tutto si sarebbe sgonfiato insieme alla mia pancia.

"Non è perché eri incinta che ti ho voluta, semplicemente non ti ho conosciuta prima, ne avrei potuto aspettare un dopo e della tua gravidanza abbiamo fatto la nostra prima perversione."

Avevi scritto in un messaggio.

Non l'ho mai cancellato, ho sfidato il pericolo che mio marito potesse leggerlo, trovarlo, che potesse, come un fulmine, comprendere e scoprire la parte più torbida di me, e di te. Non l'ho mai cancellato solo perché non potevo perdere la tua prima dichiarazione di concupiscenza.

E hai mantenuto la promessa, quella è stata solo la prima delle nostre perversioni. Decisamente la più torbida, sì, quella più contraddittoria, quella gonfia di una sensualità sfaccettata e sfacciata.

Perché stiamo tornando a ieri, a qualcosa che ha ci ha in modo suadente ed incedente trapassato l'anima?

Credi che basti evocare le nostre luride trasgressioni, per ritrovarti ancora tra le mie cosce col cazzo duro che preme?

Un bacio... scegli tu se lo vuoi casto o schifosamente bagnato.

Amalia

Paolo, risponde in piena notte.

Troia,
non voglio baci ora. Di nessun genere.

Quello che voglio invece, è chiederti se lo sai che niente sarà più com'era. Lo sai?

Sai che né io e né te, saremo in grado di tornare ad essere quelli che eravamo prima di vivere l'indecenza di questa relazione?

Non c'entrano le promesse che ci siamo fatti o quanto abbiamo diviso e goduto, io e te amore mio, ci siamo cambiati. Non ti ci vedo, dopo di me, senza di me, a nascondere il lato marcio di te a tuo marito, a non scoprire la tua parte bacata, a scopare sempre nella stessa posizione e a misurare i tuoi orgasmi quanto basta, da non lasciarti totalmente insoddisfatta e quanto serve a celarne la loro forza dirompente.

Niente sarà più come prima: ti ho scopata incinta, ti ho scopata sul letto dove ti scopa tuo marito, ti ho scopata mentre avevi in bocca un altro cazzo, ti ho scopata mentre leccavi i seni di una lurida puttana caricata di notte, ti ho scopata ovunque e comunque, ho scopato ognuno dei tuoi desideri, trasformato i mugugni in piacere urlato, ti ho legata, leccata, baciata, succhiata, torturata, graffiata, venerata, ti ho pisciato in faccia, il mio sperma non ha risparmiato nessun pezzo di te, ti ho calpestata a parole, osannata col cazzo. E mentre succedeva tutto questo, sulla tua faccia da troia, non ho mai visto esitazione, rimorso, un diniego, e annegavo nel vortice profondo dei tuoi occhi infuocati, in quel gorgo che ingoiava tutto, che ne voleva sempre di più e che mai smetteva di vorticare, fagocitando tutte le perversioni.

Non è per quello che abbiamo fatto a letto e fuori, che niente sarà come prima, è per l'oscena intimità del nostro amore, per le estasi vergognose che abbiamo condiviso, per come siamo stati amanti complici e perversi.

E ogni volta, appoggiavo una mano una mano sulla tua fica e la sentivo pulsare, battere, scossa dal piacere appena passato.

Niente sarà più com'era.

Io non posso tornare soltanto da mia moglie come ho fatto tutte le volte che l'ho tradita, tu non puoi tornare soltanto da tuo marito.

Non pensare di poter trovare quello che sei stata con me, finendo a letto con un altro uomo.

Non saremo mai com'eravamo prima. Ora siamo rovinati dalla perversione.

E se non vuoi farti risucchiare dall'insoddisfazione, sei costretta a tenermi, sei costretta ad aiutarmi, ti resta solo la possibilità di giocare con un cazzo moscio.

Tuo malgrado lo sai, che ti soddisferà comunque di più di un uomo potente.

Stupiscimi troia, vediamo se vali quanto credo, se sei davvero brava a raddrizzare cazzi.

Ora baciami, leccami, bagnami.

Paolo

Amalia è lì ad aspettare la mail di Paolo che legge con trepidazione e senza prendersi del tempo per rispondere, scrive a Paolo.

"Sei enorme, gravida. Sei schifosa e meravigliosa insieme, sei semplicemente tutto quel che voglio!"

Come continuava la frase con cui per un po' firmavi le email che mi inviavi?

Paolo appare online e con un messaggio istantaneo risponde ad Amalia.

Paolo: *"per sempre, vorrò la tua fica perversa, per sempre. Non ci lasceremo mai."*
Pensavi potessi scordare una promessa cosi disperatamente appassionata?

Amalia: e come avresti potuto!

Paolo: e tu mi aiuterai?

Amalia è offline, non risponde, non saluta, semplicemente scompare.
Paolo ricopia l'ultima sua frase della conversazione e la invia ad Amalia via email.
Il resto della notte passa. Passa anche il giorno successivo. Paolo continua ad inviare la stessa mail ad Amalia.
"E tu mi aiuterai?"

La domanda si ripete, fluttua, mentre Paolo, ormai compulsivamente, scarica la posta torturando con una mano il mouse e con l'altra il suo cazzo, che nonostante gli scossoni resta a testa bassa.

Della frustrazione di trasgredire

È nell'amore infedele che trova naturale collocazione la trasgressione. Come se, nei rapporti coniugali, ci fosse solo lo spazio per il lecito e per il suo contrario ci fosse necessità di altre realtà, situazioni, sensualità diverse, separate, divise.

Nella gioia e nel dolore, in salute ed in malattia, si giura contemplando solo estremi opposti. E si crede che la vita stia tutta nella dimensione della gioia o in quella del dolore e che le sfumature siano solo orpelli superflui, che intralciano nel bene e nel male, un cammino già troppo complicato.

Proprio come a gestire la gioia come un dovere, si impara a gestire l'opposto e di quel dolore ci si carica sulle spalle il peso, camminando con un sorriso abbozzato e la schiena leggermente china.

Passo dopo passo la quotidianità, la noia, l'insoddisfazione, fanno il resto, persuadendo moglie e marito che i desideri, la voglia di esplorare altre vie, di cercare nuovi stimoli, siano solo un modo di faticare ancora di più, siano solo il modo di caricarsi sulle spalle un altro peso e che la gioia che ne deriverebbe, non valga così tanto, da turbare una quiete silente, una via abbastanza dritta da poter essere seguita anche con la testa leggermente bassa.

Come succede, poi sfugge. Non è mai esatto il momento in cui uno dei due, o entrambi addirittura, alza appena un po' la testa e guarda in direzioni diverse. Non è mai preciso l'attimo in cui uno dei due, o entrambi addirittura, *muove il primo passo verso la trasgressione, divaga, cambia percorso.*

E d'improvviso la strada dritta si riempie di curve e la bravura, sta nel percorrerle senza allontanarsi troppo dalla diritta via coniugale. O almeno tentare di non allungare troppo.

L'alba del secondo giorno. Amalia scrive a Paolo.

Paolo,
ti aiuterò, se è questo che vuoi sentirti dire.
Sai che non e questo il mio ruolo, non sarebbe questa la mia funzione, non spetta a me. Il mutuo soccorso è prerogativa del consorte, i cazzi mosci spettano alle mogli. E non voglio sapere se con lei funziona, non dirmelo mai.
Dunque: c'è qualcosa che posso fare per te, caro?

Amalia

Pausa pranzo, l'orario usuale in cui Paolo ed Amalia usavano l'instant messenger per scambiarsi battute. Sono entrambi on line.

Paolo: C'è qualcosa che potresti fare.
Amalia: Dimmi.
Paolo: smetterla con questo tono.

Amalia: capisco la tua inquietudine. Magari hai bisogno di stare un po' solo. Esco. Hai bisogno di qualcosa?

Paolo: NO

Amalia: Bene, ciao!

Paolo: ehi! Il mio non era un no, non mi serve niente, ma un NO COSÌ NON VA. Ci sei?

Amalia: No (bugia coniugale)

Paolo: mi stai facendo incazzare.

Amalia: anche questo è tipico del rapporto coniugale

Paolo: basta!

Amalia: basta, hai ragione, tra noi non funziona, dici di ricorrere al divorzio?

Paolo non risponde, è on line ma non risponde.
Amalia gli invia una mail.

Credi che basti ignorare le mie parole?
Credi che sopporterei la tua bocca serrata e il tuo sguardo di disapprovazione, come fa tua moglie?
Credi davvero che io possa comportarmi con te come una moglie?

Amalia

Paolo risponde nel pomeriggio.

Non illuderti, non ho mai pensato a te in quel ruolo.

Paolo

Amalia risponde a Paolo.

Paolo, perché cerchi il confronto?
Credi forse di far rinvigorire il tuo cazzo, costringendo ad attenzioni melliflue moglie e amante?
Credi forse di rendermi impotente alla tua stregua, sminuendo quello che sono per te?
Io sono la tua amante troia, per tua ammissione, per mia ammissione.

Non puoi fare di me la copia lurida di tua moglie, né io desidero diventare un'altra moglie.
Non è una buona idea questo gioco e giocare con te, stavolta non mi diverte. La tua mente non è divertente quando gioca da sola, staccata dal suo cazzo.
Io sono la tua troia. Ormai inservibile. Ma non dipende certo da una mia mancanza.
Smettiamola.
E se c'è qualcuno che si illude quello sei tu.
Vai a metterlo in bocca a tua moglie.

Amalia

Paolo, di notte, risponde ad Amalia

Cosa ti fa credere che puoi trattarmi così?
Le risposte stizzite tienile in caldo insieme alla cena
per chi vive accanto a te.
Se hai pensato, anche per un attimo di poter trascen-
dere il rispetto, hai sbagliato rapporto.
Una défaillance non fa di me un uomo da denigrare.
Vorrei risponderti che potrei fartela pagare a letto.
E non è per il timore di non farcela, non è perché,
te lo dico chiaramente, il cazzo non mi diventa più
duro.
È che non mi interessi più.
È finita.

Paolo

Amalia scrive a Paolo

Paolo, amore mio,
Ho bisogno di vederti.
Abbiamo bisogno di spiegarci, di toccarci, di guar-
darci negli occhi.
Dimmi quando.
Il nostro letto è rimasto vuoto per troppo tempo.
Tutto è solo una conseguenza dell'assenza, della
distrazione.

Amalia

C'è una email nella posta in arrivo di Amalia, ha per oggetto la seguente frase:

"Mail delivery service: indirizzo inesistente."

Amalia prova di nuovo ad inviare la mail a Paolo e continua a vedersi recapitare lo stesso messaggio con l'avviso di errore.
Fa svariati tentativi, ma è impossibile recapitare il messaggio.
Paolo ha chiuso il suo account di posta.

Anche il telefono, è staccato e quando, il giorno dopo Amalia lo troverà acceso, non riceverà risposta a nessuna delle sue telefonate.

Parte 2

L'inizio del senno del poi

Tradire è un atto meraviglioso, qualcosa di profondamente egoistico, il regalo più emozionante che si può fare a sé stessi. Tradire è eccitante, è come svegliarsi, rinascere, raccontarsi una nuova storia, una nuova vita. Tradire è offrirsi una possibilità, una finestra da cui affacciarsi ed essere felici, uno spiraglio luminoso e accecante. Tradire è concedersi un vizio, cedere ad un capriccio, soccombere a sé stessi, è piegarsi alla compiaciuta consapevolezza di non essere perfetti. Tradire è gioire di sé stessi e della capacità, della voglia, della sorpresa di reinventarsi.

Tradire è un atto deprecabile, qualcosa di profondamente meschino, l'inganno più vergognoso che si può tendere a sé stessi. Tradire è deplorevole, è come invischiarsi, decadere in una doppiezza, in una nuova ambiguità. Tradire è negare l'onestà, contestare le proprie scelte passate, macchiare in modo indelebile quello che si è costruito con fatica. Tradire è sottomettersi al vizio, arrendersi ad una passione, rinunciare al controllo, al dominio, alla padronanza di se. Tradire è perdere di fronte alla debolezza, cedere alla miseria degli istinti, abbandonarsi alla lascivia.

A tradire spesso si è così felici, da temere di non essere compresi.

A tradire spesso ci si sente così ignobili, da non voler essere scoperti.

E allora il tradimento non si confessa, non si condivide, non si confida. Non al coniuge, ma spesso a nessun altro. Si resta in una sorta di solitudine, un isolamento a cui partecipa completamente solo l'amante. E ci si nasconde dagli occhi indiscreti per non essere rivelati, si sussurra per il timore di essere spiati, si crea una separazione col mondo, per non essere turbati.

Si è soli, incompresi, inconfessabili, straordinari, spregevoli, stupendi, sconci, felici, sconvenienti, appagati, indecenti, lieti, disonesti, pieni, ebbri, sconvolti, esausti a fluttuare in una perfezione sensuale, che solo chi la divide con loro può intendere.

E quando la bolla degli amanti scoppia, si resta davvero soli.

A chi raccontare la disperazione della fine di un amore meraviglioso e vergognoso, con chi dividere la miseria dell'abbandono, a chi parlare dell'assenza, del distacco di un amore inconfessabile?

I protagonisti dell'amore infedele, diventano, con la fine, figure evanescenti, presenze inconsistenti, persone che a ben guardare, non esistono. Nessuno a parte chi era coinvolto, sa della loro esistenza. Un amante non può suonare alla porta di casa dell'altro, non può chiedere notizie, sconfinare nella quotidianità del reale, invadere territori, ficcarsi in intimità legittime.

E quando un telefono si spegne, una voce smette di rispondere, un letto resta vuoto, più di un appuntamento mancato, non si può far altro che rassegnarsi.

E gli amanti, senza disturbare, scompaiono l'uno dalla vita dell'altro, come sono venuti.

Solo il ricordo stesso dell'amore infedele, rievocato dagli amanti, manterrà la memoria di ciò che l'uno è stato per l'altro.

L'amore infedele non è più nella dimensione del carteggio, ora è in quella del ti direi, vorrei scriverti, mi piacerebbe incontrarti.
È in questa dimensione del possibile, del plausibile, dell'irreale che origliamo i pensieri, spiamo le lettere non spedite, le voglie disattese, la disperata solitudine dell'abbandono.

È in questa dimensione non concreta che gli scambi tra gli amanti sono soliloqui intimi, risposte immaginate, discorsi allo specchio, in macchina, sotto la doccia, monologhi scompagnati a voce alta.
E in questa dimensione dell'assenza che inizia il tragico io vorrei.

Amalia: E vorrei davvero poter tornare indietro. No, mai al giorno in cui ho smesso di vederti, ma a quello in cui ti ho incontrato. E se è vero, che sei stato l'unico a cambiarmi così tanto la vita, è certo che ora quella vita, la mia vita, io non la riconosco più.
"*Ti manco, vero?*" Mi diresti buttando appena la testa all'indietro. Compiaciuto, sfrontato, tronfio.
E se fossi davvero davanti a me:
"*No*" ti direi, "*Non mi manchi affatto*" e anch'io avrei un'espressione sfacciata, e tu rideresti, forte e forte mi afferreresti un braccio, mentre con l'altra

mano svergogneresti le mie parole, frugandomi tra le gambe e scoprendo l'intimità di una menzogna bagnata. E rideresti ancor più forte, e mi baceresti arrogante:

"*Cagna, amore!*"

Sorridendoti in bocca, continuerei a farmi leccare dalla tua lingua, a farmi mordere il labbro inferiore da i tuoi denti a sentire scendere saliva mista, mente il tuo resto sale.

E se tornassi indietro, se potessi tornare indietro, ti lascerei una email chiusa, un messaggio a cui non rispondere, uno sconosciuto come tanti da ignorare.

Se tornassi indietro non accetterei la tua corte, anzi, non entrerei mai nel luogo in cui ti ho conosciuto.

Se tornassi indietro non verrei al nostro primo incontro.

Se tornassi indietro sarei salva. Salva da te, salva da me. Salva da quello che siamo stati e che mi ha cambiata così intimamente.

E mi pettino, per chi poi? E con le mani tra i capelli, mi guardo allo specchio chiedendomi con l'espressione ancora sconvolta, se è vero, se davvero non mi vuoi più.

Mi chiedo se il motivo sono le mie rughe giovani, i capelli sempre troppo arruffati, il mio corpo appena un po' sgualcito. E scavo tra i segni del mio volto nella speranza di trovare una risposta. Nuda, allo specchio percorro con le mani e con gli occhi i percorsi delle tue mani, della tua lingua, dei tuoi occhi. Scavo, disperata cercando nel fondo del mio essere, affossando le mani dove tu affossavi il tuo cazzo, la tua lingua, le tue mani.

Non è nella bellezza la risposta, vero?

"Sei bellissima" mi dicevi, mi urlavi, mi ripetevi, mi impazzivi di sei bellissima

Non sei l'unico ad avermelo detto, sei l'unico però a cui ho creduto. Eri sincero, ti piacevo davvero, si leggeva nei tuoi occhi, nel tuo leccarti le labbra, nei tuoi riccioli perfetti che sembravano cedere solo davanti a me.

"Troia" il ricordo della tua voce ruvida, delle tue mani che si facevano insolenti, fastidiose a tratti, inarrestabili, irresistibili: *"vieni qui"* e mi arrivava addosso il tuo respiro, la tua pelle e cominciava, mai lentamente, sempre incessante quell'invasione di un piacere caldo, soffocante, straziante, unico.

Irripetibile.

Nonostante mi stia torturando la fica, strisciandola ovunque, ficcandoci dentro mani, falli, ricordi, suoni, sapori, niente potrà replicare quello che ha fatto il tuo corpo al mio.

Niente potrà replicare, anche malamente, quel che tu facevi a me.

Ora come faccio a fare senza.

Senza di te, senza neanche la consolazione il feticcio di quel piacere. Senza.

Incredibile!

Paolo: Sono assalito dalla mancanza, ossessionato dall'essere rimasto senza. Fumo troppo, bevo anche, specialmente di notte e penso a come riempire la mancanza.

Perché a riempire il cazzo, beh posso farcela, basta ingollare medicine, ma posso davvero riempire un'amante, svuotando blister di pasticche?

Non c'è che dire, sono rimasto senza.

Troppo patetico aggiungere pillole a fumo ed alcol in queste notti. Pillole per penose erezioni ubriache prologo di eiaculazioni ottenute masturbando un cazzo traditore.

Mi manca.

Amalia: Il tuo nome è urlo nella notte, un'invocazione, un intercalare tra i pensieri. Paolo, ho sempre in bocca il tuo nome, come se pronunciarlo potesse in qualche modo riportarmi a te. Come se averlo in bocca e in mente potesse in qualche modo, ricreare il piacere di toccarti.

Paolo di te mi resta un grido muto, un pensiero che strilla senza poter essere udito. E mentre con le mani tra le gambe urlo silenziosamente il tuo nome, mi dispero rievocando il fantasma che sei diventato.

E scrivo lettere che non ti invio in cui chiedo risposte che forse dovrei essere io a darmi.

Perché è finita? O meglio, c'è da chiedersi se il perché sia così importante.

Forse doveva semplicemente succedere.

È nella natura delle storie infedeli, non essere soggiogate dal *per sempre*. Meno che mai assoggettate alla noia, sempre restie al sentimentalismo, inattaccabili dalle difficoltà, fuggevoli, provvisorie, eteree.

Ma se davvero eravamo così impalpabili, inafferrabili, cos'è questa morsa così concreta che mi stringe alla gola, ben più stretta e melliflua delle tue mani quando cercavano di controllare anche il mio respiro.

"Tutto di te è mio, anche il respiro" mi dicevi impazzito dal nostro piacere.

E con le mani alla gola, mi stringevi il collo appena un po', quel tanto, preciso, per farmi comprendere fisicamente la follia di appartenerti. E l'aria che mi lasciavi, bastava appena a respirare per baciarti, avida di te e del tuo fiato che mi faceva viva.

Ero tua, nelle tue mani, nei tuoi desideri, nel tuo volere.

Ecco, forse non c'è da chiedersi perché, né arrovellarsi nella disperata ricerca di ragioni e soluzioni ad un impotenza. La mancanza di virilità è solo il sintomo, il tuo cazzo che all'improvviso diventa un organo debosciato e stufo, di quale avvisaglia appartiene, qual è la malattia da diagnosticare?

Che sia presagio di un eccessivo coinvolgimento?

Stavamo esagerando, davvero, stava diventando troppo potente quello che ci legava.

Malati di eccesso, squilibrati di un'enormità disubbidiente che ci stava sfuggendo di mano. Troppo legati, troppo perversi, troppo invischiati in qualcosa di interminabile.

Pazzia perversa, insana malia a cui c'era bisogno di porre un ostacolo.

Niente ci avrebbe fermato, ammettilo.

Niente ci avrebbe guarito, se non l'evidenza della necessità di finire, l' impedimento fisico, reale, oggettivo a smetterla.

Solo davanti all'impotente incapacità di padroneggiare dispoticamente di qualcuno, di riconoscere di aver perso il mezzo per esercitare la padronanza di anima corpo, voglie e piacere, si può, seppur rassegnati, semplicemente aprire le mani e restare senza.

Ci siamo lasciati, caduti l'uno dalle mani dell'altra, persi, proprio come qualcosa che scivola giù, imprendibile.

Cosa faccio dei mie umori ora?

Cosa faccio della voglia inappagata?

Cosa faccio di quella torbida e suadente brama che hai scoperto, smantellato e nutrito fino a farla diventare grassa e succulenta?

Il ricordo non soddisfa, lei, dentro me ha fame, bulimica mi aggiro inappagata meditando sull'idea malsana di trovarmi subito un altro amante.

Dove, come, quando.

Non posso, e il perché lo so io e lo sai te.

"*Nessun altro potrà farti quello che ti ho fatto io*" ripetevi fiero, manco fossi stato il primo uomo a deflorarmi.

"*Nessun altro ha aperto le tue cosce arrivando a toccare e titillare la tua suadente, nascosta, vergognosamente indecente enorme voglia di cazzo*".

È arrivato mio marito, esci dai miei pensieri e per favore chiudi la porta.

Paolo: È stato un bel rischio, e non ci si espone a certi pericoli a cinquant'anni. Perché non è una questione di impotenza, l'incognita non è un cazzo traditore, anzi. Il rischio è credere e capire di poter soddisfare una donna che ha quindici anni di meno, di vederla ed amarla nel fulgore della maturità dell'essere donna e di arrendersi col cazzo e coi sentimenti alla paura di desiderare, al terrore di non poterne più fare a meno, al timore di volerla oltre il letto traditore. Le stavo dando troppo, mi stavo dando troppo. E anche lei era troppo coinvolta. Non si rischia un matrimonio a cinquant'anni quando si sta per diventare davvero impotenti. E non solo sessualmente.

Parte 3

Rientrando nel matrimonio

Il matrimonio è un cammino difficile, una strada maestra ricca di incroci a raso, attraversamenti pericolosi, mezzi che ti sorpassano a folle velocità, curve, pezzi deserti, tragitti a piedi mano nella mano, corse contro il sole a volte insieme, a volte a cercarsi, a volte da soli.

Il matrimonio è un traguardo che spostano un po' più il là ogni giorno, e a denotare lo sforzo di voler raggiungere la fine dell'itinerario, valgono davvero tutti quei luoghi comuni, quelle espressioni che indicano banalmente il coraggio e la tentazione di non abbandonare la strada. E allora hanno veramente un senso frasi come: rimettersi in carreggiata, smarrire la via, la tentazione di lasciare la strada vecchia per quella nuova, la pace di ritrovare la strada maestra.

Il matrimonio è un percorso in cui le deviazioni sono all'ordine del giorno e non solo e semplicemente i tradimenti, ma tutte quelle piccole sofferenze che volenti o nolenti riserviamo all'altro, le rivincite che ci prendiamo sull'altro, il gioco forza che pretendiamo di spuntare, quei piccoli e grandi dissapori che ostacolano l'utopia di un cammino continuo mano nella mano.

Tutti i giorni, anche quando non si vorrebbe, si cambia direzione, anche di poco, e tutti i giorni si cerca di ritrovare la strada, rientrando sulla via maestra.

Ritrovare il passo di marcia e la via da percorrere, è tanto più facile quanto la deviazione che si è compiuta è breve, piccola, scostata appena di qualche grado dalla rotta segnata. Quando invece il bivio che si è deciso di percorrere ci porta lontano, scopre curve e tornanti che si arrampicano oltre la valle, quando stradine sterrate diventano strade larghe, parallele ma spaventosamente distanti, rientrare, ritrovare la carreggiata e il passo di marcia è complicato e pericoloso.

Chi afferma che serva qualcosa di molto simile al coraggio per tradire, forse non ha mai tradito davvero. Ordire altri tratti, nascondersi, lasciarsi tentare non è certo da cuori impavidi, semmai chi cambia percorso cercando di condividere il cammino con altri compagni di viaggio, cerca vigliaccamente ed in modo stupido e semplicistico, scorciatoie che inevitabilmente poi allungano e complicano il tragitto.

Poi un giorno si decide di rientrare. Come se non bastasse la stanchezza di aver fatto più strada, di aver camminato di più per tornare sulla via, si deve far i conti anche con la fiacchezza dell'anima. E giunti al bivio che ci riporta a camminare con il coniuge, spossati, si guarda a destra e a sinistra, col timore di essere investiti proprio quando si sta per tornare.

E per un po', fino al prossimo bivio tentatore, fino alla prossima preoccupazione che non si vuol condividere, ci si illude che l'unica cosa saggia da fare, l'unico modo per riposare anima e corpo, sia camminare mano nella mano con la persona che si è giurato di amare e rispettare. Con fatica si cerca di sincronizzare il passo, il cuore, il respiro con l'altro, di schiacciare la mancanza dell'amante, stringendo più forte la mano di cammina con noi.

È lento il ritmo dei passi, il tempo è vasto, la strada più agevole e il percorso segnato, lasciano spazio ai pensieri, al rimorso, ai rimpianti di ciò che si è lasciato, al senso di colpa, al bisogno di essere consolati, alla necessità duplicata di essere amati. Il ritmo regolare non provoca tuffi al cuore, accelerazioni e svolte, e all'emozione, non resta che il ricordo della gioia infedele a rallegrare il percorso, unito al pentimento, e alla sgradevole percezione di aver qualcosa da nascondere che lascia in bocca un sapore amaro.

Non tutti sono disposti a tollerare il disgusto, alcuni confessano il tradimento, altri no.

Cosa ci si aspetta poi dal confessare un tradimento?

Cosa ci si aspetta poi, che il tradimento sia stato confessato o celato, dal tornare a fare la mogliettina o il maritino perfetti?

Cosa si cerca davvero, quando si torna a casa, promettendo di non tradire mai più?

Ci sono storie fedifraghe che non sono degne di essere confessate, altre che invece segnano così tanto chi le ha vissute, da costringerlo a confessare quello che è diventato.

Ci sono matrimoni che sono all'altezza di confessioni inaccettabili, che reggono a scosse ben più assestate di un tradimento, altri invece che si frantumano, crollando per rivelazioni più insignificanti.

Ci sono disperazioni personali che spingono nelle braccia dell'altro, angosce intime invece, che possono trovare pace solo nella quiete privata del matrimonio.

Ci sono delusioni di coppia che a volte muovono ad essere fedifraghi, altre semplicemente ad arrendersi al fallimento dell'amore.

Ci sono storie di cui è impossibile prevedere il finale, matrimoni così forti da distruggere infedeltà e infedeltà che crescono inaspettatamente e diventano capaci di distruggere matrimoni.

Impossibile ridurre ad una risposta, che possa valere per tutti, la domanda su cosa ci si aspetti dalla confessione di un tradimento.
Difficile dire come e perché si decide di "rientrare nel proprio matrimonio" e diventare o tornare ad essere, mogli o mariti.
Inconcepibile rispondere universalmente a cosa si cerca quando si torna dal partner, promettendo di non tradire più.

Bisogno, paura, amore, menzogna, affetto, cura, rispetto, dovere, bisogno di liberà, necessità, impotenza, decenza, demenza, calore, verità, voglia, promessa, integrità, pietà, pena, stima, comprensione, condivisione, accettazione, perdono, remissione, accoglienza, paura di non farcela, paura di farcela, frustrazione, fallimento, vittoria, compimento, compiacimento, compassione. Ognuno scelga tra queste risposte quella più appropriata alla propria vita, alla propria storia, al punto di vista vissuto o subito.
E se domande e risposte risuonano retoriche ed inutili, quello che sul tradimento si può affermare con più

certezza è che se un matrimonio è scampato al pericolo di crollo una volta, non può dirsi ormai e per sempre al sicuro. Se un amore infedele non ha coinvolto gli amanti così tanto da allontanarli dalle rispettive storie coniugali, non significa che la prossima storia, non possa minare le certezze matrimoniali.

Eh sì! È difficile tradire una volta sola, raro provare l'amore infedele e non cedere più alle sue lusinghe!
Il tradimento è un vizio, difficile da perdere, una cattiva abitudine e il traditore è pericolosamente, impunemente e allegramente recidivo!

Cara Anna,
il bisogno di raccontarti chi sono davvero, mi spinge a scriverti questa lettera.
Capirai il perché di questa urgenza continuando a leggere, ti basti sapere ora, che questo invecchiare insieme (per quanti sforzi si facciano per negarlo, per chiamare il processo con un altro nome, ammettiamolo, stiamo invecchiando, gradatamente, sì, ma pur sempre inesorabilmente), questo invecchiare insieme dicevo, sta diventando per me una menzogna insostenibile.
Quello che credi di me, forse non corrisponde a quello che sono davvero. Quello che ti ho dato in questi anni, forse è solo l'impressione illusa di un altro me.

Calmati Anna, ti amo, ti ho amato e ti amerò per sempre. Lo scrivo subito, per confortarti, ma anche perché quest'amore, questo bisogno di averti vicino, non voglio che cambi.

Anna ti ho tradito, e non ieri, un anno fa, da giovani, io ti ho tradito in modo continuativo.

Sono stato un traditore meticoloso, sono rari i momenti che oltre alle tue labbra, non baciavo quelle di altre donne.

Anna, ti prego, calmati, non urlare, non cadere, non cedere alla tentazione di smettere di leggere, di stracciare la lettera, di far finta di non averla mai trovata.

Ho bisogno che tu continui a leggere, che provi a capire, che riesca a comprendere cosa e soprattutto perché, ti sto dicendo tutto questo.

Anna, ti farò male, non ti farò sconti, stavolta ti racconto tutto di tutto.

Siediti e piangi, ma non smettere di leggermi.

Tradisco per il gusto di tradire. No, non è semplicistico, è proprio così.

Ho avuto donne bellissime, sì, anche più di te, e donne brutte, donne intelligenti, donne stupide, donne di cui non ricordo il nome, il timbro di voce, il sapore.

Non consolarti Anna, non sono state tutte storie di una sera, sveltine consumate male. Di queste donne, alcune hanno fatto parte della mia vita per periodi lunghi. Con molte, proprio come con te, ho condiviso le gioie e i dolori della vita quotidiana. Certe sono arrivate a conoscermi molto intimamente, parlavo anche di te con loro, parlavo di com'era il mio matrimonio in quel momento, di cosa mi piaceva, di cosa mi mancava di te.

In molte sai, si stupivano che ti tradissi.

Siamo troppo abituati a pensare che si tradisca solo per mancanza, e quando raccontavo loro, di quanto sei bella, di quanto a letto riesci, nonostante l'abitudine degli anni, a stupirmi, eccitarmi, soddisfare la sete che ho di te, non volevano crederci.

Qualcuna addirittura si è anche, messa in competizione con te, si confrontava, voleva che dicessi chi e per quali motivi, preferivo te o lei.

Non mi sono piaciuti mai particolarmente, questi giochi femminili del confronto, questo bisogno di rivalsa, ma è vero, non li ho mai impediti, ho sempre lasciato fare.

Che facessero pure! Dicevo tra me, anzi, se devo essere davvero sincero, un po' mi eccitavano, l'idea di avere due donne in competizione per me, mi faceva sentire molto potente.

Ho cercato di tenere tutte le mie donne molto lontane da me, da te e dalla nostra famiglia.

Ora che lo sai, immaginerai anche i luoghi dei miei tradimenti.

Ho cercato di tenerci tutti al riparo da possibili tentazioni, da possibili assalti alla nostra vita privata, ho sempre cercato donne che non volessero complicazioni. E se ti stai chiedendo, se tra questa schiera di donne, ci siano anche delle prostitute, sì Anna, ho avuto anche puttane, accompagnatrici, escort, massaggiatrici. Cambia qualcosa quest'ulteriore sfumatura del tradire?

E adesso che anche la vergogna di aver pagato una donna e tradirti, è confessata, voglio scendere più a fondo, mostrarmi davvero, scoprire il fianco.

Torniamo per un attimo a quando ho scritto *tradisco per il gusto di tradire*: in effetti questa frase va ritrattata o meglio riveduta, perché non è esatta così com'è. Non c'è un gusto intrinseco nel tradirti, non c'è soddisfazione nell'esserti infedele, come se tradire non sia un atto disgustoso che faccio contro di te.

Per molto, ho avuto come la percezione che fosse solo affar mio, che non fosse qualcosa in opposizione con te.

Ti ho tradito spinto, non da un piacere, ma da un bisogno.

Ho qualcosa dentro, qualcosa che ho spesso definito marcio, una sorta di necessità di carne, di pelle, di donne, di una sensualità fuori dai canoni, di una trasgressione depravata, inaccettabile, non condivisibile. Non perché tu non sia stata una donna sufficientemente provocante, disinibita o trasgressiva, ma semplicemente perché, certi miei bisogni, sono inconfessabili e sconci pure per me.

Non volevo sporcarti, non volevo sporcare il nostro letto, il nostro amore, credevo ne sarebbe venuto meno il rispetto reciproco, la moralità, la decenza addirittura. Ed è vero che è tremendamente più indecente, inaudito, immorale, avere e realizzare una vita deprecabile oltre se stessi e i propri cari, ma non ho potuto farne a meno.

Ho provato a resistere all'urgenza, alla solitudine dei miei viaggi di lavoro, ma la tentazione mi lusingava. Non solo per mancanza di controllo, ti ho tradito, avrei potuto oppormi, pur con fatica, ma anche per il passatempo che queste storie rappresentavano. Riempivano la mia fogna marcia e il vuoto della solitudine che nonostante la tua esistenza, io sentivo.

Ho cercato compagnia e poi non ho passato più una notte fuori casa, senza avere una donna nel letto.

Se non era un'amante era una puttana.

È come una droga l'emozione di cambiare pelle, una stupefacente estasi, alla quale diventa inaccettabile rinunciare.

Vorrei dirti che non ti ho fatto mancare nulla, in questi anni.

Anna, mi sembra, a questo punto, di vederti leggere tra disperazione e rabbia.

Anna, amore, urla, piangi e sappi che non è vero neanche questo.

Sono stato capace anche di farti mancare qualcosa.

Anna ti amavo, ti amo, ma quando ho conosciuto Amalia, ho cominciato lentamente a togliere a te e a dare a lei.

Amalia è stata l'ultima donna che ho avuto, è finita da poco, qualche giorno appena e se vuoi sapere cosa ho permesso che ti rubasse lei, chiediti cosa ci è mancato ultimamente.

Anna, ad Amalia ho regalato l'entusiasmo, il mio, quello che ho sempre riservato a te, ai nostri progetti, alla nostra vita. Ed era tremendo, quando sentivo nella mia voce quella nota di gioia, di turbamento, di emozione.

Amalia è stata trascinante, mi ha riempito l'anima, ha saziato godendone accettandolo, il mio lato marcio. Abbiamo vissuto una sensualità indecente ed elettrizzante. Anna, tremavo a vedere il suo nome sul display del telefono, progettavo piani, inventavo scuse, creavo occasioni, realizzavo desideri e preparavo la prossima emozione.

Stavo iniziando a costruire un'altra vita, mettendoci lo stesso entusiasmo che ci avevo messo con te.

Fino a che il senso di colpa, fino alla consapevolezza che tradirti, stava diventando un atto contro di te, che l'esserti infedele, era diventato così importante, da toglierti qualcosa che era sempre stato tuo.

Anna, non ti sto raccontando se ero o se sono innamorato di Amalia, sto ammettendo le mie colpe, dichiarando le mie mancanze, cercando perdono ed indulgenza.

Anna, amore mio, amami.

Ti ho fatto male, mi sono fatto male.

Anna, amore mio, abbracciami.

Urlami in faccia, prendimi a pugni, coccolami Anna.

È stato difficile vivere come ho vissuto io, non cerco la tua compassione, cerco la tua comprensione.

Anna, finché morte non ci separi, ricordi?

Mi sono fermato un momento prima, un attimo prima che tutto crollasse. Mi sono fermato Anna, ho capito che non potevo andare da nessun altra parte, se non da te.

Coccolami Anna, ti ho fatto male, mi sono fatto male.

E scusami, comprendimi, affrancami, abbracciami.

È stata dura fallire, decidere di confessare, convivere con un senso di colpa prepotente.

Anna, puoi perdonarmi?

Rivoglio il mio matrimonio, rivoglio donarti il mio entusiasmo, voglio tornare a far progetti con te.

Anna, sono ancora capace di amarti.

Ci consoleremo, guariremo, rinasceremo.

Anna c'è un ultima cosa che non ti ho detto: sono diventato impotente.

Amami.

Tuo Paolo

Caro Gigi,

devo confessarti qualcosa di meraviglioso e sgradevole.

Che sei l'uomo che ho amato di più in vita mia, lo sai già, te l'ho ripetuto tante volte, vero? Quel che da oggi però dovrò smettere di ripetere, è che la prova del fatto che ti ho amato così tanto, era che non ti avevo mai tradito.

L'ho fatto, e per un po' ho provato a tenerlo per me, a non confessartelo, a non voler far crollare quell'integrità morale che la fedeltà assoluta regala.

Non voglio parlare dei perché, delle colpe, delle assenze che potrebbero giustificare e legittimare addirittura, il mio essere finita nella braccia di un altro.

Amore mio, quel che devo confessarti va ben oltre il tradimento, ma perché tu possa comprendere quello che devo assolutamente confidarti, è necessario partire proprio dal mio esserti stata infedele.

La prima volta che con lui ci siamo baciati, è stato addirittura fastidioso.

Non mi era mai successo. Io, che mi sono sempre vantata di aver tradito ogni uomo che ho avuto prima di te, mi sono trovata spiazzata, confusa, impreparata di fronte a quello che è l'attimo più bello ed emozionante di un tradimento.

Cosa c'è di più eccitante del momento in cui si assaggiano labbra nuove, si gusta un nuovo sapore, si infilano le mani accarezzando un altro corpo?

Beh, io me ne stavo in quel locale, impacciata ed impedita, a subire un bacio bramato e meraviglioso, pensando solo al fatto che non eri tu che mi stavi baciando.

"Non è Gigi..." mi ripetevo, mentre la passione di quel bacio, non accennava a diminuire.
Le sue mani mi stringevano le guance come in una carezza disperata, come se con quel bacio volesse mangiarmi, ingoiarmi e come una nota stridente e stonata, il desiderio di quell'uomo risuonava controtempo col fatto che quella lingua, proprio quelle mani che mi stringevano il viso, non fossero tue.
"Gigi non mi bacia così..."
Poi questo disagio è passato, questa voce interiore seccante si è zittita, ho continuato a vederlo, e, piano piano, mi sono abituata al fatto che non fossi te, ma che era lui a toccarmi, a volermi.
Non credere sia stato un tradimento in qualche modo obbligato, un accontentarsi del primo uomo tanto per il gusto di tradire, di vivere un'avventura, di rompere una routine, non fraintendermi.
L'attrazione che provavo per quell'uomo era fortissima, intensa, devastante quasi, la nostra storia è stata devastante. Quello che sto cercando di dirti è solo che all'inizio, ho provato, oltre alle lusinghe di una nuova sensualità, una sorta di fastidio, di disturbo.
Tradirti mi provocava come un malessere, non volevo farlo, non volevo violare le nostre promesse.
Volevo che almeno tu, restassi l'unico a cui ero stata fedele.

Ma non si può andare contro il proprio essere, almeno fino a quando, resistere al richiamo della propria natura, diventa insopportabile.

Gigi amore, quello che voglio confessarti è che tradirti mi ha cambiata.

Averti tradito mi impedisce di riconoscermi e di vivere la vita che vivevo.

Esserti stata infedele mi obbliga a far fallire il nostro matrimonio.

Non credere che ti stia lasciando, (ovviamente lo farai tu dopo questa lettera), per correre da lui.

È finita.

È finita con lui ed è finita con te.

Gigi, io non sono più la stessa donna.

Lui ha sfiorato corde, aperto ferite, nutrito una parte di me che urlava affamata. Ed ora quella parte di me si aggira ridotta allo stremo, in cerca di pelle, di carne.

Lui ha fatto affiorare in me, l'ha portata in superficie, quella carnalità viziata che ho sempre saputo di possedere e che, sapientemente, tenevo a bada.

È come avere un animale dentro, tra le cosce, qualcosa che esige e reclama lascivia.

Si accontentava di brandelli questa lussuria bestiale e sconcia, ero abituata a nutrirla a piccole dosi.

Ti ho raccontato dei tradimenti passati, quelli che non ti riguardavano. Scappavo nella notte e tradivo quelli che erano i miei compagni, inventavo storie, fuggivo di giorno sotto al sole cocente, per placare il bisogno di pacificare la brama.

Tradire te non è bastato. Tradirti non ha pacificato proprio nulla.

O forse ho semplicemente sbagliato momento e uomo.

Ho incontrato chi ha riconosciuto quel che mi urlava tra le cosce.

Lui, come se avesse trovato quello che cercava da sempre, con interesse, dedizione ed consapevolezza , ha abituato quell'animale osceno a pretendere sempre di più, a gridare sempre più forte per essere soddisfatto.

Gigi, io non sono più la stessa donna. Io non riesco più a tenere a bada i miei bisogni. E non si tratta di uscire a scopare con uno, due, tre uomini. Non ho rapporti da quando con lui è finita, neanche io e siamo stati più a letto insieme.

Non si tratta di voglia o bisogno di sesso. Si tratta di non voler più e non poter più essere la donna che ero per te. Non servirebbe rompere la nostra routine, aggiungere pepe e trasgressione ai nostri rapporti sessuali. È solo una questione di comprensione.

E se mi immagini diventare una sorta di ninfomane assetata, ti sbagli. Potrei addirittura smettere completamente di fare sesso, giuro. Non è soddisfazione fisica che cerco, ma approvazione. Quella parte di me non chiede piacere ma amore. Ormai non è più qualcosa che si possa in un certo senso, dividere da quella che sono. Lui l'ha portata a galla, io l'ho accettata. Ora sono una donna diversa. Di me fanno ancora parte tutti i pregi e i difetti che ben conosci, tutti i limiti e gli slanci, i pensieri, quel senso di giudizio e di giustizia che mi fa persino rigorosa e quella capacità di amare e abbandonarmi senza interessi. Alle caratteristiche della donna che hai sposato, devi aggiungere una sensualità, un immaginario erotico, un erotismo ricco, denso, corposo, profondamente torbido, meravigliosamente depravato. Un bisogno di trasgressione e di comprensione e realizzazione di voglie e desideri torbidi e suadenti.

Tu non hai mai visto in me quella parte, sono stata tanto brava io a celartela quanto tu a far finta di non vederla, come potrebbe ora, entrare un'altra me nella nostra collaudata e consolidata intimità?
Gigi, non voglio mostrarti quel lato vergognoso di me e tu, lo so, non vuoi guardarlo.
Non sono più la stessa.
Non potresti comprendermi.
Non possiamo continuare.
Non credevo assolutamente potesse finire così.
Ti amo, Gigi, per quel che può valere, io ti amo.

Amalia

Immaginiamo per un attimo un palcoscenico di un teatro.
A destra la stanza di Paolo: una scrivania da geometra,
lui appollaiato su uno sgabello alto. È di spalle, fuma,
sembra volersi richiudere su se stesso tanto ha la schiena
incurvata. Accanto a lui, un piccolo scrittoio con un com-
puter acceso.
Sullo schermo la lettera alla moglie.

Sul fondo del palco, al centro, la luna, piena.

A sinistra lo studio di Amalia: una scrivania colorata, un
computer dallo schermo molto grande, una sedia da uf-
ficio girevole con la spalliera alta. Lei è seduta, di spalle.
Sullo schermo del pc la lettera al marito.

Silenzio, quello che in drammaturgia è una lunga pausa.
Ognuno è immobile nella propria intimità a guardare lo
schermo del proprio pc.

Buio all'improvviso.

Sipario!

Se, e chi abbia spedito al rispettivo coniuge la lettera con
la confessione, non ci è dato sapere.

Ringraziamenti

C'è una scatola dei desideri virtuale nel mio blog, in cui chiunque può scrivere le proprie voglie, i propri pensieri, le proprie confessioni.

Carteggio infedele nasce da un messaggio inviato per essere custodito in questa scatola, da una lettrice, che si è firmata Amalia.

Ringrazio Amalia, per la sua disponibilità a raccontarsi, a spiegare, a scavare ancor più in fondo alla sua devastante passione e per avermi donato la sua storia, per farne questo libro.